Pagpadayag sa Pagdayeg

Grace Badillos

Ukiyoto Publishing

All global publishing rights are held by

Ukiyoto Publishing

Published in 2024

Content Copyright © Grace Badillos
ISBN 9789367952085

*All rights reserved.
No part of this publication may be reproduced,
transmitted, or stored in a retrieval system, in any form
by any means, electronic, mechanical, photocopying,
recording or otherwise, without the prior permission of
the publisher.*

The moral rights of the authors have been asserted.

*This is a work of fiction. Names, characters, businesses,
places, events, locales, and incidents are either the
products of the author's imagination or used in a fictitious
manner. Any resemblance to actual persons, living or
dead, or actual events is purely coincidental.*

*This book is sold subject to the condition that it shall not by
way of trade or otherwise, be lent, resold, hired out or
otherwise circulated, without the publisher's prior
consent, in any form of binding or cover other than that in
which it is published.*

www.ukiyoto.com

Contents

Nakabatyag Hasta ang Ulan	1
Dihang nakalimot ko unsaon pagtikang	4
Makita palang niya	6
Byaheng Habagatan	8
Lisod ang Pagdaog	11
Salingkapaw sa Basakan nga Lunhaw	13
Pana-ad	17
Kalibutan	19
Atletang Hinigugma	21
Dagan	23
About the Author	25

Nakabatyag Hasta ang Ulan

Nakabatyag hasta ang ulan,
sa gadahunog nga pagbating hilabihan,
samtang nigakos ang katugnaw sa akong kalawasan,
nakiglumba ang matag pitik sa kasingkasing,
ang mga hungihong sa utok, nagkanayon:
"Ako ba kini siyang suginlan?
O ang pagbati ipabilin sa suok lamang?"

Nakabatyag hasta ang ulan,
sa imong tingog nga sama kabugnaw sa tubod
ug susama sa pagpalid sa hangin sa akong likod.
Muingon man tuod ang kadaghanan:
"Undang na'g kanta kay mobunok ang ulan
apan lahi akong pandungog sa uban,
imong tingog gasa sa imong gi-alagaran,
nabala-an, ug nabansay sa inyong simbahan.

Nakabatyag hasta ang ulan,
nga sa milabay nga adlaw nga wala ka,
nagtuo ko sa hingpit nga makalimtan na tika,
ug ang tanan nga ana-a sa imoha.
Gimingaw ko sa gasidlak mong mata,
"chinito" matud nila
pero lugos makakita, kay matod mo, dosintos ang grado ana.

Nakabatyag hasta ang ulan
sa akong kasaypanan.
Kasaypanan sa pagtuo nga kung mahilayo kanimo,
mawala napud ang gibating pagdayeg sulod sa pila ka bulan,
apan nahitabo lamang nga ikaw gihapon ang gipangita niining dughan.

Nakabatyag hasta ang ulan,
dili na nako angay ipabilin ang pangutana nga:

"Akua ba siyang suginlan? O ang gibati ipabilin sa suok lamang?"

Kay ang tanan kinahanglan isugilon aron mugaan,

ug alang sa imong kasayuran,

nga adunay ganahan nimo taliwala sa kadaghanan.

Dihang nakalimot ko unsaon pagtikang

Gisulayan nako nga mutikang palayo,

apan makita nako akong mga lakang nga mubalik nganha kanimo.

Dagko lang ba ang akong tikang? Alanganin ba idagan?

O bati lang gyud lang dalan?

Gisulayan nako nga mutikang palayo,

apan nasalaag ko sa ma-anyag mo'ng mata,

ang imong pangalan nga may pito ka letra,

mikulit ug usa ka maanindut nga handumanan sa gugma.

Gisulayan nako nga mutikang palayo,

apan ang imung ti-unay nga pagbati alang sa alampat,

nidibuho, ug nipahinumdom kanako nga duna pay rason arun musulat, kini nitahi ug pinakanindot nga sugilanon nga lahi, ug dili ma-awat.

Gisulayan nako nga mutikang palayo

kay abi nako nga makatabang kini arun ang pagbati makutlo,

sayop akong pagtu-o, kay samtang gipugngan ang kaugalingon nako,

inanay nga nagkadako ang luna sa akong kasingkasing alang kanimo

Gisulayan nako nga mutikang palayo,

apan nganung naay bitik nga mupabalik nako sa akung agi?

Tagidyo ra ba, o nanghinubra akung mga lakang,

Unsa-on gayud diay ang sakto nga pagtikang?

Makita palang niya

Makita palang niya,
kung unsa akong panan-aw ngadto niya,
masungogan jud ko nga "ha? Makakita diay ka"
siyempre, daot rani, pero dali ra siya makit-an ani.
Likod palang nimo, kabalo nako nga ikaw na to.

Makita palang niya,
nga sa kadaghang tawo,
siya gihapon ang gipangita nako.
Makita pa gihapon nako siya
sama wala muturok nga mais inig pamuná,
nungkang mais sa tudling nga bayang tul-ira

Makita palang niya,
bisan daot siyag mata
unsa akong mabuhat nga pagsayo,

pakgangon ang gihatag nga alas syete ug alas singko,
para mas mag-una ko, ug aron makakita niya diritso

Makita palang niya,
kung unsa siya sakong panglantaw nganha niya
syempre, maingnan gyud ko'g "naa pa diay kay makita?
Nga sulaw naman ang tanan para nimo"
Alangan! Masulawan gyud ko sa iyang kagwapo!

Byaheng Habagatan

Imo na bang nasulayan
nga mubyahe padulong sa habagatan?
Kanang inig abot nimo sa Carcar, dunay manikaysikay
nga musyagit "charon, ampaw!"
Sa unahan pud naay musyagit, "bingka mo diha",
kun dinhi sa Argao, duna puy "torta mo diha, init pa!"

Isip lumad nga taga probinsya,
kanunay mi masungogan, "kalayo kalatkat balungbong?"
Ug dili nimo madungog sa syudad ang kana nga pulong.
Nalahi man galing ang kalikupan ug kinaiyahan —
apil napud ang among pinulongan.

Dinhi adunay dalan nga tarung nga gihimong liba-ong,

dalan nga guba-on nga usa lang ka sakyanan ang paagion,

mga balod nga muhapak sa taliprin sa baybayon sa Tañon,

mga akasya nga gatus na ka tuig ang panu-igon,

ang kaparat nga masimhutan gikan sa dagat — madalahig padulong sa ilong.

Dili lang kana, duna pay hunasan, bundo nga kabukiran,

pila ka ektarya nga kalubihan,

mga gikuhaan ug anapog nga pangpang,

dagko nga punu-an,

ang lapad nga lim-aw sa Badian.

Kasagaran ana, dili makita sa syudad,

way makatupong ana tanan ug kana way sama.

Pareha nimo, way makatupong kay gamay manka.

Ako lang gisugilon unsa ang nakalahi sa syudad ug sa habagatan,

kay sama sa nindut nga talan-awon nga makit-an,

anf magkagusto nimo talagsa-on, lahi, ug kalit nga kasinati-an.

Lisod ang Pagdaog

"Murag lotto, lisod makadaog, lisod makabalato"
kung ang unang motug-an, pildi,
wala gyud tay pahalipay nga madala inig pauli.
Kung lisod and pagdaug,
ing ana pud kalisud kung duna kay gitago.
Hinagiban? Pinuti? Atsa o pagbati?

Kung ang unang mutug-an, pildi
modawat gayud kog kapildihan,
kay dili man pud pwede nga matago ang tanan
bisan ang gamay nga butang,
kinahanglan pud nga kibhangan
aron mahilu-on sa dakong sudlanan.

Kung ang unang mutug-an, pildi
aw, wala tay mabuhat, kun dili, dawaton.

Lisud man pud aswatun,

Ang bug-at nga butang nga di makaya sa bukton.

susama sa pagbati kanimo,

kinahanglan isulti ang pipila arun mugaan ang ana-a kanako.

Salingkapaw sa Basakan nga Lunhaw

Sa higayon nga gitugdun nako akong panan-aw nganha kanimo taliwala sa basakan,

natandi na tika sa baligya nga bulak nga mahalon,

mahalon nga angay tigoman arun maangkon.

Makita pud nako nganha kanimo ang pagkamalinawon,

malinawon susama sa kabaybayunan sa Tañon

ug wala gayu'y anugon

anang lunhaw mo nga bulak ug dahon,

hasta ang puti nga tago sa imung sanga kung kini bali-on

kay ang tanan makahupay man sa katul sa panit, bughat, ug kun matugkan ka ug ngipon.

Sagbot ka man sa panan-aw sa uban,

apan nganhi kanako, ikaw pinakamatahom nganha sa basakan.

Sagbut ka man alang sa mga mag-uuma,
apan ikaw ang dayan-dayan sa akong mata,
ikaw ang tambal sa kasakit sa akong lutahan,
ang puti nga tago gikan sa imung sanga,
Tambal sa samad sa akung panit nga nipali na.

Nabantog kana nga tambal, apan, matambalan ba nimu akung kamingaw kung aku ang panganod nga bughaw?

Atong distansya klaro na ug tataw, nga kung sa higayun nga urumon ka, dili gayud tika mapukaw

Nasa-ag ku sa imung mga mata nga pughaw,

susama sa lagsaw nga nasa-ag sa kilomkilom nga awa-aw.

Ikaw ang akung salingkapaw sa basakan nga lunhaw, ug ako ang panganod nga bughaw,

dako kaayu ug lat-ang,

dili aku ang taming, nga makapanalipod kanimo

sa higayon nga ikaw matamak-tamakan, ug mapasipad-an,

ug dili pud nako mahimo nga maangkon ka bisan sa mubo nga higayon lamang.

Maayu pa mahimung kugon sa nabantok nga luna,

nga gumikan sa kagahi sa pag guna, ana-a lamang gayud sa imong tapad, ug dugay mawala.

Mahigawad ba ka, sa hulga sa atung distansya?

May bili paba alang kanimo akung pagbati, kung sa imong panglantaw susama nalang kini kanipis sa mga tipasi?

Mangita ka ba ug ihulip nganhi kanako, kung wala na nimo makita nga ako ang imong ka-abag sa mga inadlaw nga pagpakigbisug sa kinabuhi?

Taliwala sa hagit nga atung nasinati,

hinunu-a nga kung sa higayon nga ikaw daruhon,

ug bunglayon kay ang luna igahin sa lain nga tanom,

makita gihapon tika nga muturok pag usab nga maanyag.

Dili ko ihikaw kanimo ang igu nga gidaghanon sa init ug ulan,

kay imo kining gigikinahanglan,

ana-a lang ko kanunay sa ibabaw, magsud-ung sa imong katahum,

akong salingkapaw sa basakan nga lunhaw.

Pana-ad

Nangutana ko sa akong isig ka atleta kung "unsa?"
ana siya nga "masuhong oy! Maong dili nako isaba".
Nangutana sab ko sa amoang maistra kung "unsa?"
ana siya "gugma alang sa pagpangalagad".
Nangutana pud ko sa akoang amega, "bai, kanus-a?"
ana siya, "sa hustong takna"
Nangutana pud kos akong amego, "bai, nabuhat na nimo?"
ana siya "o, ug hinaot matuman — maangkon ang bulawan nga kadaogan"
Nangutana ko sa lumulupyo didto, "natuman na gid?"
ana siya, "gugma niyang naglu-ib, wala nagtuman sang saad, pareho sang singsing nga naglubad".

Unsa man diay ang imong pana-ad, didto sa Pana-ad?
Kay matud sa akong pagpanukiduki, ginganlan kadto ug "Pana-ad"

kay aduna silay paghandum sa saad, baylo sa nindot nga kinabuhi.

Kun ugaling lahi-lahi atong pagsabot ug interpretasyon,

gugmang mulungtad — walay paglubad

nga dili mabayran sa bisan pila nga kantidad,

baylo sa gamay nga halad,

kanimo akong gisaad, didto sa Pana-ad.

Kalibutan

Mapadpad man kita sa lugar diri sa kalibutan nga dili nato kabisado,

wala nasinati ang matag eskina ug ang mga tawo,

masaag sa dalan nga dili unta agi-an nato,

ug nadugay ta, kay sayop ang nasakyan nato nga barko.

Sa mga takna nga nasa-ag ka, kinsa ang nagtultol nimo para maka-agi ka sa saktong agi-anan?

Duna bay naghatud nimo? O aduna bay giya?

Nigamit ba ka ug mapa?

Nangahas ba ka sa pagpangutana?

Kay sigon sa akong papa, "kung ang imong adtu-an, daganon nimo, dili gyud ka mawala

Tinuod ba kaha? Nganong dagan man gyud? Pwede raman lakaw, diba?

Pero kung tinuod na, pila man pud ka kilometro

ang gikinahanglan nako tuyokon para maka-abot ko nimo?

Kun ang pagdagan usa sa mga paagi para maka-abot kanimo, aw pila raman

Dili rana igsapayan ang pag-asdang sa salibo ug kahumod nga dala sa ulan,

Kay ikaw man gihapon ang padulngan, ug ikaw ang adtu-anan

Ug wala nay rason nganong masa-ag pako aning lugara,

Kay siya mismo ang saktong dalan, ang giya, ug ang mapa.

Atletang Hinigugma

Sa pagsaulog sa paugnat sa kusog ug alampat sulod sa usa ka semana, diin ka?

Natulog lang sa kwarto kay walay gisalmotan nga dula?

Nilantaw sa mga dula? Nidula? O nag-agwanta sa mga lawak nga pirteng inita?

Niadto ba pud ka sa Danao? O nilantaw sa sangka sa langoy sa Naga?

Pero kung adunay dula, unya usa ka sa mga nisalmot,

mosugot ba ka nga naay tigtrapo sa imong singot?

Apan ang iyang gamiton dili man panyo,

pero katong lingin nga igtalarapo sa kaldero.

Apan duna koy wala nahisgutan,

Daghan kadto ug mga sumasalmot, duna ba kay gisuportahan?

Unsa pud nga paugnat o natad sa alampat iyang gi-apilan?

Kun ako pud imong pangutan-on, iyang gi-apilan mao ang pagdagan.

Sa pagsuporta, ayaw na pag-unong sa resulta,
ipabati lang nga alang nimo, maayo siya, kay sama niya,
bulawan iyang gihangyo, pero bronse ang gidungog
apan dinhi kanako, siya ang unang manana-og.

Dagan

Sa pagdagan, duna kay kinahanglan mahibaw-an,

kung kanus-a angayan mupadayon kay makaya pa,

o kung kanus-a angay muhimudlay kay gaapas naka sa imong ginhawa

Unsa imong gidaganan? Yuta? Dalan? Liba-ong? Bungtod? O siya?

Apan, kang kinsa man angay mudagan kung ang atung daganan, nag-una nag pila ka lakang?

Kang kinsa man angay mudagan kung ang atung daganan dunay igong kusog para mag-una?

Sa pagdagan, kaluha ani ang panahon.

Dunay higayon nga labihan ka init,

duna say higayon nga mupili ka,

mo-asdang ba ka sa ulan o dili na?

Apan, kung maabtan ka sa kusog nga ulan nga nahumod naka'g taman,

Asa man ang kapasilongan?

Kang kinsa man pwede magpasilong,

Kung wala siya nganha kanimo nagsilbi isip sandayong?

About the Author

Grace Badillos

Grace Badillosis a native of Samboan, Cebu, Grace Badillos began writing in early high school after she got fascinated by the beauty of her hometown, and hearing the wonderful imagery from the lyrics of the musicians she heard playing at her early age — Missing Felimon. She is a former senior news writer for a school publication in 2023, and now pursuing her undergraduate studies in journalism at Cebu Normal University.

www.ingramcontent.com/pod-product-compliance
Lightning Source LLC
LaVergne TN
LVHW041602070526
838199LV00046B/2102